U0022318

獻給菲爾‧波伊頓，他為眾人開啟了許多門。
——L. M.

獻給我的朋友，他們領我走到門外。
——H. Y.

© 也許有一天

文　　字	麗莎‧曼徹芙
繪　　圖	任惠元
譯　　者	黃聿君
責任編輯	徐子茹
美術設計	林易儒
版權經理	黃瓊蕙
發 行 人	劉振強
發 行 所	三民書局股份有限公司
	地址　臺北市復興北路386號
	電話　(02)25006600
	郵撥帳號　0009998-5
門 市 部	(復北店) 臺北市復興北路386號
	(重南店) 臺北市重慶南路一段61號
出版日期	初版一刷　2018年3月
編　　號	S 858461

行政院新聞局登記證局版臺業字第○二○○號

有著作權‧不准侵害

ISBN　978-957-14-6392-6　(精裝)

http://www.sanmin.com.tw　三民網路書店

※本書如有缺頁、破損或裝訂錯誤，請寄回本公司更換。

Original title: Someday, Narwhal
Text copyright © 2017 Lisa Mantchev
Illustrations copyright © 2017 Hyewon Yum
Published by arrangement with Paula Wiseman Books HC
An imprint of Simon & Schuster Children's Publishing Division
1230 Avenue of the Americas, New York, NY 10020
Chinese translation right © 2018 San Min Book Co., Ltd.

也許有一天

麗莎‧曼徹芙／文　任惠元／圖　黃聿君／譯

三民書局

從魚缸裡看出去，
世界一點都不有趣。

紅色大門。

盆栽。

傘筒。

鋼琴。

紅ㄏㄨㄥˊ色ㄙㄜˋ大ㄉㄚˋ門ㄇㄣˊ。

盆ㄆㄣˊ栽ㄗㄞ。

傘ㄙㄢˇ筒ㄊㄨㄥˇ。

鋼ㄍㄤ琴ㄑㄧㄣˊ。

四四方方的窗戶，
框住一片燦爛藍天。

雖然景色沒什麼變化，
但是每一條住在魚缸裡的小小獨角鯨，
心裡都有著好多夢想。

「有一天，我要四處旅行。
有一天，我要遨遊世界！」

可ㄎㄜˇ是ㄕˋ，獨ㄉㄨˊ角ㄐㄧㄠˇ鯨ㄐㄧㄥ想ㄒㄧㄤˇ到ㄉㄠˋ，
自ㄗˋ己ㄐㄧˇ沒ㄇㄟˊ有ㄧㄡˇ腳ㄐㄧㄠˇ。

她ㄊㄚ也ㄧㄝˇ不ㄅㄨˋ認ㄖㄣˋ識ㄕˋ路ㄌㄨˋ。

萬ㄨㄢˋ一ㄧ外ㄨㄞˋ頭ㄊㄡˊ天ㄊㄧㄢ寒ㄏㄢˊ
地ㄉㄧˋ凍ㄉㄨㄥˋ，又ㄧㄡˋ該ㄍㄞ怎ㄗㄣˇ
麼ㄇㄜ辦ㄅㄢˋ呢ㄋㄜ？

「我還是待在溫暖的家裡好了。」

紅色大門。

盆栽。

傘筒。

鋼琴。

這一天，小男孩打開紅色大門。
原來是朋友來找他玩了。

「我怕她悶在小小的魚缸裡，會覺得無聊。」小男孩說。

「的確有點無聊。」獨角鯨承認：
「有一天，我想出去看看世界。」

「可是我沒有腳。」

「我們可以幫妳啊。」
蝙蝠說。

「我們用小拖車載妳
到附近走走。」企鵝說：

「我會很小心，把妳當成
自己的蛋一樣保護。」

「可是我不認識路。」獨角鯨說。

「交給我吧，」長頸鹿說：
「我從高處往下看，
大小路牌全都看得一清二楚。」

獨角鯨環顧房間，
發現自己的
記憶力很好。

「你把路牌念出來，我們一
面走，我一面記路名，這樣
就不會迷路了。」

「可是，萬一外頭很冷怎麼辦？」
獨角鯨突然想起來。

蝙蝠看看窗外那一片藍天。
「萬里無雲呢！」他說。

獨角鯨勇敢的深呼吸。
「今天就是有一天，」
她說：「我們一起去看世界吧。」

一路上，小朋友奔跑。
蝙蝠展翅飛翔。
企鵝搖搖擺擺的走著。
長頸鹿大步向前。

獨角鯨乘著小紅拖車前進。

他ㄊㄚ們ㄇㄣ沿ㄧㄢ著ㄓㄜ人ㄖㄣ行ㄒㄧㄥ道ㄉㄠ走ㄗㄡ。
哇ㄨㄚ！一ㄧ路ㄌㄨ上ㄕㄤ有ㄧㄡ好ㄏㄠ多ㄉㄨㄛ東ㄉㄨㄥ西ㄒㄧ可ㄎㄜ以ㄧ看ㄎㄢ！
花ㄏㄨㄚ店ㄉㄧㄢ、書ㄕㄨ店ㄉㄧㄢ，還ㄏㄞ有ㄧㄡ一ㄧ閃ㄕㄢ一ㄧ閃ㄕㄢ的ㄉㄜ紅ㄏㄨㄥ綠ㄌㄩ燈ㄉㄥ！

建築、橋梁，還有好大好藍的天空！
獨角鯨做夢也想不到，天空會是這麼大、
這麼藍，跟從窗戶看出去的完全不一樣。

大笨鐘 、 艾菲爾鐵塔 、
萬里長城 、 金字塔 。

世界任她遨遊。